百寶箱卷下

偵情

小旦扮杜十娘上唱虞美人閑愁疊疊拋針線半面羞人見昨宵雙槳過西泠盼到江南一帶是歸程

秋漸老堤畔經霜草離却京華雲路杳渡江情悄悄我杜嫩跟隨李公子還家自幸托身得所一路上百般依順着他不知爲着何故李郎只是鬱鬱不樂想他必有隱情哦我知道了他爲我花費了許多銀子今日帶我回家怕老爺夫

人不肯相容故爾這般愁悶噯公子你那知我其中妙用也罷今日孫家船上請李郎飲酒待他回來我把話兒打動他與他說箇明白呀你看斗柄横斜天河低轉公子想殆回船也

小生扮李公子醉狀上唱琥珀猫兒墜碧天如洗涼月欲西沉多少江聲和雁聲催人早醒夢迷魂惟應與我放下相思剪斷離情

小旦公子回來了今日吃得恁醉様兒小生不荅倒椅坐介小生十娘我今日飲酒不知明日

怎生過活呢〔歎介〕〔小旦〕呀公子你眞個醉了這話怎麼說

〔小旦唱〕〔商調集賢賓〕走將來教人心意冷把言語漫浸凌亂閃閃似藏頭結線有誰能理緒披根不提防暖靄晴烟霎時間黑霧蠻雲想着他箇中情匿藏了舊恨特地將狂態驚人公子好教我百般難料忖一字不分明

〔小生〕十娘我酒在肚裏事在心頭你那裡知道〔小旦〕公子有甚心事何不告訴妾身或者可以分憂也未可知〔小生〕這話難與你說噯却怎麼是好〔小生伏椅介〕〔小旦背介〕

〔小旦唱〕〔逍遥樂〕呀甚機關難透是假還眞應須理論莫不是人窘吳陵悔當初誤帶了朝雲只怕是另有相思梁玉淸〔小生〕十娘說那裏話來小生除了十娘更無別人罣念〔小旦〕公子既不爲此〔唱〕敢道是家園莫奔〔小生低頭不語拭淚介〕〔小旦取汗巾代小生拭淚介〕〔用手摟小生肩背介〕〔公子唱〕你接花烘蕋怎的萌芽何處栽根

〔小生〕話便有一句兒只是不好說得〔小旦〕今日情急勢廹不可不說我也曉得了〔小生〕你曉得甚麽

〔小旦唱〕梧葉兒也多爲奉到雙親命怎帶出隊女娉婷左右事難成公子你的心事不過如此妾身可猜得着麽〔小生〕猜便筭你會猜的了〔小旦〕若果爲此呵〔唱〕怎不教散盡巫山雨虛飛别岫雲〔小生〕十娘你既猜着就裏請教我如今便當何如〔小旦唱〕我收捲繡羅裙我拋撇彩絲繩一定是把鸞凰在兩處分

〔小生〕如今倒有一条出路只怕你不肯便去〔小旦〕公子爲着雙親是何大事若能曲全妾死也甘心有甚麽依不得你快說與我知道〔小生〕這隔壁船上孫希賢兄他原是吳江人氏家貲巨萬上無父母昨日他爲我畫策亦復無計可施如今他情愿領你回家主持中饋贈我白銀一千兩一則你終身有托二來我還家安穩不則你便跟我回家只怕我家老爺不能相容那時却不悮你終身教我如何對得起你〔小旦〕起行

整衣沉吟介公子原來爲此這姓孫的是箇豪
傑公子急須允成他便了
小旦唱醋葫蘆那有箇爲着一身背着二親一絲線
也要渡金針公子你戀鴛鴦怎生教魚雁兩沉你怎
烏鳥私情太忍難得這多財贈馬欲求人
只是這一千兩銀子可是現成的麼小生怎麼
不現成小旦如此公子必先叫他兌足這宗銀
兩妾身一一爲公子點收清楚然後再過孫家
船去這才穩當

小旦唱後庭花不是我喬夭舌空志誠也只怕恁虛
撮合還未真俺真娘情愿尋頭路恐叱利無端賺了
人爲郎身怎憐紅粉順水舟推的穩順風旗飄的整
好機關莫慢停好機關莫慢停
小生我明日便叫他將銀子兌來十娘你休埋
怨着我如今事做拙了真是無可如何非小生
薄倖也
小旦唱柳葉兒愛那箇知恁慌慌抛脂棄粉冷凄凄
鳳拆鸞零亂忙忙早中途撇的人孤另小生十娘休

要怨恨今日此舉總也是爲着你來〔小旦哭拜介〕〔唱〕
呀謝你箇多情客那樣海誓深却怎的熱騰騰教我
飛作離魂
〔小生哭扶小旦介〕十娘你明日去後休要再念
着小生了〔小旦〕公子早[illegible]不須念妾且請先
歸內艙妾自收拾箱籠等待天明好過船也〔小
生掩淚下小旦大哭介〕咳杜嫩杜嫩你好命苦你好命薄也
〔小旦唱〕〔浪里末煞尾〕早則是誤到今說不盡從前恨
綠窗誰是畫眉人當日的相思可也無定准好傷情

怨與俺各尋投奔只落箇千金身價美人名〔下〕

孫家銀子一千兩都兌足的麼（小生）一封封已交割清楚十娘請看（小旦）待我取鏡臺粧奩梳洗了再請孫郎相見（場上設粧臺小旦整鬟簪花介）

（小旦唱）（小桃紅）曉粧鏡裏歎春嬌痛殺我玉容了也似柳如花恁的全教都粉冷香銷（小旦起介小生代小旦更衣介）（小旦唱）誰將他柘枝擂翠裙招舞衣飄總秋雲杳也雖是薄命紅顏却如何恁的收梢

（小生）十娘你今日改嫁孫郎將來終身到老怎麼恁般怨恨起來（小旦）李郎不必再說你可將我艙內那箇箱兒取來這是我要帶過去的（小生取箱放船頭介）（小旦）快與我把那姓孫的喚他出來與我隔船相見則箇嗳誰憐香國女長作水宮人（小生向內叫介）孫兄有請（副淨上）一朝花在手終夜月隨身李兄成事了（小生）小妾在此請上前相見（副淨揖介）尊嫂拜揖（小旦怒介）咄你就是吳江孫希賢麼（副淨）小子便是（小旦）你這沒天理的奸賊（副淨）呀如何罵起我來

〔小旦唱〕〔下山虎〕眞個是奸深計巧似鬼如妖哄騙了人妻小弄機權舌劍唇刀〔副淨〕小子一片婆心〔小旦唱〕那裡是輸金誼高通財義交早知你叱撥牽來換翠翹賺了這貪財保〔副淨〕俺與李郎恩深義重你將花言巧語恐嚇他要來騙我〔唱〕你道是一盞銀樽夜槊刀要把紅綃盜仗着你王濟錢多掛樹梢

你這一千兩銀子道我希罕着麽俺今日隨李公子回去並非貧乏無歸你休錯想了念頭

〔小旦唱〕〔五般宜〕我看你忒心乖忒情磽誇道是金幣

足計謀高誰知我連城值自富饒你欺李郎手頭沒鈔我將這箇箱兒打開與你看看〔指箱介〕這其間珍奇價高金釧珠鈿多少村兒試瞧休要逞金錢十萬纏腰便欺人懷着寶

李郎過來奴家當日從良只說你是箇多情才子誰知你恁般薄倖我也知回家後老爺夫人決不相容可知我這箱兒內奇珍異寶不下數萬金我寄放謝家妹子那裡囑他等我臨行交還與我獻與老爺夫人作箇進身之地希圖憐

我是箇有心人不加責譴你却把我當路柳墻花這等看待今日江上人多我也與衆人看看明我心迹理箱介箱內放珍珠百寶小旦一一取出抛下江介丙扮四鬼卒上一面接收百寶介小旦一面抛一面唱介

小旦唱五韻美希世珍總抛掉何須更要金翠饒把多情一抹都銷繳副淨驚慌小生懊悔介小旦唱傷心怎了頃刻的玉頹山倒看取我今宵人自乘夜潮做一箇秋江斷鴻落嶠

小旦抱箱湧身跳江介四鬼卒擁下雜扮四人喊叫救人上衆這等一箇美人好好的被那孫富逼勒得投江自死我們把他扭去見官休要放他走了副淨淨搖船急下衆赶下小生急叫介你們快來救人哎呀呀我那十娘那

小生哭唱蠻牌令風急浪頭高山鬼欲凄號痛隨流去也不見舊珠翹誰想到吳陵路遙早將箇燕塞人抛潛蛟泣嫠婦招百年長恨都在今宵小生末搖船哭下

雜扮江神四名各舞水旛擁小旦上　雜合唱【尾聲】濤聲滾滾人飄渺擘水分波救早莫教他玉體消沉費打撈　擁小旦繞場下

投菴

老旦扮尼僧上唱梅花引禪關冷閉向滄江注天香掃雲床終日晚鍾響倚杖空門風寂寞問何日是人生得了場

日日諷持經識朝朝禮拜如來自然華蓋命中排還盡前生業債自家楊子江邊睡蓮菴中一箇老尼是也自十八歲在這菴內落髮爲尼到今三十餘載雖然出家冷落到也無牽無絆自在清閑有我那過世的師父結下這箇菴兒僧

堂佛殿甚是幽深我如今住持在此雖是招了幾箇徒弟早晚啟閉山門還要我親身照應你看天色已晚不免提燈往山門外照看早些閉上則箇下

小旦扮杜十娘散髮上唱雙調新水令苦呀散幽魂拚着箇命無常嚇殺我激波騰浪嘆魚淵沉欲墜怎龍藏竟無恙看夜月空江縱偷生不復作再生想

俺杜媺命盡時窮應該一死自欲投身江中尋箇自盡不想跳入洪流却似有人相扶出水隨

風鼓盪送在這沙灘上面可憐我衣冷身寒鞋
弓襪小那裡投奔我這得坐在沙洲聽天留命
便了（坐介）你看雁影孤飛漁燈漸遠好凄慘怕
人也（呌介）救人呵
（末扮老道人提燈老旦隨上）（老旦唱）（南步步嬌）呀那
處悲聲臨風颺在雁嶼梟粱教人故感傷如此荒江
恁樣潮漲我只怕水中央馮夷獨伴着豚吹浪
道人你看這等黃昏薄暮江灘上誰人呌喚（末）
便是是箇女子聲音（小旦又呌介）

（小旦唱）（北折桂令）苦零丁戰戰慌慌說不盡千種悲
哀萬種凄惶況又是岸冷秋風霜清夜氣鶴唳猿傷
（老旦）道人聽這聲音離此不遠你與我將燈兒高舉
遠遠的照看一看（末舉燈介）（小旦）好了前面有箇燈
兒想是有人到此（唱）早望着一星挸亮我還愁鬼火
宵行（哭介）我好苦呀亂淙淙江影滄冥暗沉沉月影
昏黃遠茫茫蘆影橫斜閃熒熒人影來旁
（末）唯江邊上呌喚乞命的是人是鬼（小旦）我是
人並非是鬼（老旦）呀是一箇女子如何坐在這

裡四面無依怎般光景

老旦唱南江兒水葦岸依稀處漁汀那壁廂山光水色相摩盪好似湘妃凌波上怎烏雲亂挽無生狀小旦女菩薩救命老旦唱聽去聲聲惆悵莫不是妖鳥人魚你敢幻化在寒沙冷蕩

待我大着胆上前問他女子我看你青年美貌爲何夤夜投江難道自家没有舟楫更無别人又没有一隻船兒前來相救你不明不白教我黑夜裡救你莫不有甚魑魅不大穩便麼

小旦唱北雁兒落女菩薩念奴是裙釵夜墮江今日裏苦海三千丈願你發菩提一點心更廣這普濟羣生量空駕着横海的慈航憐我水佩風裳莫再遣魚腹還埋葬致使人天一感傷江鄉我欲了今生賬僧堂你慈悲應本當

老旦我如今前來救你你可隨我到菴中則箇

小旦如此女菩薩是大恩人了

老旦唱南僥僥令江虛人獨坐地僻鬼相防似冷浸梨花風蕩漾我且問你爲甚奇冤將命喪

老旦扶小旦起行進菴介末提燈下小旦跪拜介女菩薩請上受奴一拜老旦小娘子請起我且取件舊衣兒與你穿換小旦換衣介老旦小娘子你腹中飢餓了我菴中還剩了些晚齋你糊亂吃一口兒小旦多謝女菩薩只是奴家心酸喉冷那裡還吃得下去嘔介老旦可憐

小旦唱北收江南苦殺我身如敗葉哭的委淸霜猛回頭如夢又還去歎黃粱我形寒骨冷得了這返魂香是我有緣今日得遇女菩薩救命唱我雙淚兩行眞萬苦莫狀便洒盡楊枝淨露難與我洗愁腸

老旦請問小娘子尊姓何名那裡居住有夫無夫因箇甚麼事兒自尋短見到此地位小旦奴家姓杜名媺丈夫李甲從北京相隨回南俺丈夫中途被一箇奸人撮弄逼奴改嫁奴家計無可施只得跳江自死不知怎樣却又隨波飄在這裡老旦原來如此

老旦唱南園林好你原來好夫妻飛歸故鄉半途中遭遇不良一霎的玉釵折放恁薄命自多殃怎琴碎

又八亡

我且問你你丈夫李甲是何等樣人（小旦）他家住臨安父親是箇都堂御史（老旦）這等說是一位貴公子了却如何恁般短行（小旦）女菩薩奴家係樂籍從㒵隨他回去他怕還家父親責讁故爾把持不定將奴許贈他人

（小旦唱）【沽美酒帶太平令】想蜂驕又蝶狂奴怎許入花房只有褁革鴟夷赴水鄉莫遣靈均弔問早啼斷九廻腸（老旦）其實可憐小娘子不嫌淡泊今日權住菴中便了只是一件老身是箇貧尼没甚供養小娘子是綺羅中人雖是今日一朝遇難未免難甘清苦恐有怠慢不須見怪方好（小旦）多謝女菩薩（唱）嘆不了我悽情孤况則索件鐘魚禮拜空王將昔日塵緣夢想付與他雲龕月幌這是奴家在此打攪不當（老旦）甚麽話說我出家人慈悲為本佛門乃十方住持何爭小娘子一箇（小旦唱）女菩薩奴家呵到今宵晝長夜凉怎知道人歸方丈在般若經壇堂上

（老旦）徒弟們收拾一間靜室與這小娘子居住

者
〔合唱〕〔南尾聲〕驚魂招後休飄蕩且對這旃檀慈像莫
再教月冷蛟宮沉夜障
〔老旦〕西風吹落蓼花洲〔小旦〕憐我傷心到盡頭
〔老旦〕爲爾暫將禪榻掃〔合〕六時鐘磬總成愁下

歸南

老生扮柳遇春末扮家丁隨行各持鞭上老生唱夜行船走馬京塵秋正老望風沙滿目瀟瀟一月歸期千山路杳聆殺吳陵新道

博得功名換紫衣青雲已搭上天梯今朝歸報江南去一路西風送馬蹄俺柳遇春自從除授國子監監丞給假回南展拜先人墳墓前日收拾行李僱下人夫轎馬挈同家眷于路起旱趲行直到黃河渡口再換舟船倒也穩便笑介我

如今雖算不得衣錦還鄉却也不枉了三年坐監辛苦你看秋風載道正好行路也

旦扮柳夫人貼扮使女淨扮車夫推車行上旦唱上京馬恰正是清霜時候馬蹄勞冷颼颼一簇香車寒意早趁不上南去雁鄉江路遥計行程水遠山高爲問長途幾日裡纔脫却舊征袍

相公我們上路南歸正不知何日得到想起來在京三載受了許多清苦今日還鄉俺和相公同享榮華莫非神天福庇明日渡江時也須敬

神燒香還箇愿兒纔是老生這箇自然夫人一
路行來是好風景也繞場介
老生唱鳳釵花絡索金鳳釵西風警冷霧飄苧望雲
天縹渺旦合唱勝如花一程程野店山村看許多殘
烟落照．醉扶歸兩行秋樹一鞭搖趲行着幾日登途
早梧葉兒北下路迢迢聽取那風塵外車轔和馬瀟
旦相公你早先欲約李千先同行他如今動身幾日
了老生他是舟船去的水路行遲目下想來還未渡
江我們旱道趲行得快只是勞苦些兒車夫把車兒

推趲上來滿場合唱水紅花慢逍遙輪蹄廝趁望到
江南道上山色聳青嶠浣溪紗車行莫待秋天曉馬
上還看夜月高旦唱望吾鄉塵撲面露冷袍老生唱
大勝樂一痕秋水下溪橋旦唱幾點踈星出樹梢滿
場合唱傍粧臺試望黃金闕回首碧雲遥內作雁聲
介老生妙呀老生唱解三酲征鴻叫八聲甘州問行
人聽處應與魂銷滿場合唱一封書行不盡山畔經
霜紅葉徑只這那識路的花驄也血汗毛老生唱皂
羅袍試與問辭京何日旦唱試與問長途幾朝老生

唱 想着俺羈懷多感 旦唱 想着俺鄉思太勞 老生唱
黃鶯兒 好教人緇衣塵化寒纓掉 旦唱 擬行行 月兒
高 搖佩風前恍在長安道 老生唱 排歌 牛歌外馬影
邊是誰停策問山樵 滿塲合[illegible]生夜香 今日裡都門
不向文塲老恰纔得南國[illegible][illegible]涉女嬌
老生 夫人此去黃河不遠明日我們渡河後雇
覓一隻船兒與你赶奔揚州或者那李干先舟
泊江干彼此遇着亦未可知前日他帶了那杜
嫩女子少年挾妓我倒替他放心不下你道是
麼

老生唱 雁兒舞 孺子青年花娘幼小怕狡詐狂且誘
人不少但願没事到了故鄉纔說得從前贈金好
旦 相公不必代人躭憂我們赶路要緊
老生旦合唱 尾聲 慢牽情閑花草管甚麼雙飛燕縷
不關牢這怕俺泥滑朱輪馬足驕 老生末揚鞭淨推
車遶塲下

祝髮

場上設鐘鼓架歡門長旛佛堂供桌內作鐘鼓聲老旦扮尼僧上擊鐘鼓拈香拜介拜起唱浪淘沙經閣注香燒寶鼎生花幢幡高影曉風斜一自修行塵念淨多少年華

寂寂西來佛悠悠出世人欲將無限恨拋撇向空門前日我江上救得一箇杜氏十娘留住菴中他終日悲啼十分哀慘據他說起來雖是箇青樓女子但既從良也筭箇有志氣的怎奈托

身不得其人以致半途上遭人哄騙他丈夫竟將他拋捨今日弄得無歸無着我出家人慈悲為本就在我菴中多住幾時這也不妨只是如何了局他今日備了一分香花佛前懺悔且與他各處神前燒香則箇

小旦扮杜十娘上唱黃鶯兒身世兩空花嘆人生不出家冷鐘幽磬朝還夜風流總罷沉吟自嗟已將玉樹臨江卸謝伊家慈幡慧引扶我上蓮華

老旦小娘子好說這是你命中不該便死故爾

遇着貧尼有何功德敢勞稱謝且請拜了佛者

（小旦拈香拜佛老旦打鐘鼓內作鐘鼓聲介）（後場和鐃鈸）（小旦唱）（雙赤子）瑞燭燃花雲香注芽自向碧蓮臺前拜只求飛渡恒沙但願佛天南無菩薩慈航同駕（合掌跪介）念一聲阿彌陀佛念一聲阿彌陀佛

女菩薩奴家委命秋江願情自死蒙女菩薩開方便之門救取來菴身如落葉無蒂無根今日路到盡頭那裡還有出頭日子願隨女菩薩出家落髮爲尼做箇徒弟早晚燒香拜佛以了終

身則箇

（小旦唱）（二郎神）三生話願今朝空門落髮命裡安排天定下前生註就今生寶蓋幡華折疊相思都抹煞但剪取青絲一把女菩薩爲奴家摩頂受戒修積來世便了衲衣加便一世鐘魚更不爭差

（老旦）小娘子說那裡話來你青年美貌就是一時落難將來還怕沒有歸着這出家人風味不是你嘗得的如何便要剃度爲尼自家決撇了也

老旦唱前腔換頭慢嗟呀彎身祝髮空王座下看取娉婷人似畫龍華會裏難藏巾幗嬌娃小娘子休要錯想了那見蓮花身坐化空守着牟尼一掛念頭差怎欲把花鈿改作雲袈

小旦女菩薩休恁般說法奴家今日呵

小旦唱集賢賓芙蓉已萎江上華怎還說如花調粉塗脂都是假空教迷心地靈芽女菩薩你道我還戀着甚麽來唱緇衣百衲筭總勝珠璫全掛誰布薩恁苦行梵王宮下

老旦小娘子你便如此發恨只是你如今上無父母又没有丈夫在此誰人爲你主持我也須要箇主張的人見方敢剃度怎麽恁般没頭没腦就代人落髮起來

老旦唱前腔你西方世界頭路差問龍女何家悲殺娘行空四大怎教人六度橫拏小娘子非是貧尼不肯委實我不敢做主你只管在我菴中久住便了何必苦要出家唱你修持害馬也只要塵凡摒謝何用把這一段秦雲吹落

也罷我如今想条出路小娘子住在菴中寄居日久怕貧尼事有變更放心不下我與小娘子摩頂受戒蔕髮修行這便彼此相安了〔小旦合掌介〕老師父大慈大悲救苦救難弟子就今皈依了〔老旦〕徒弟們快把佛前香花齊備與我鳴鐘擂鼓則箇〔丑副淨扮二尼上〕師父爲何〔老旦〕杜十娘今日皈依三寶蔕髮修行我與他懺祇一番〔內作鐘鼓丑副淨鳴鐘鼓介〕老旦將袈衣女冠代小旦更換介〔小旦合掌跪拜老旦合掌

旁立介

小旦唱〔鶯啼序〕望慈雲散盡天花把貝葉繙經抄寫算到頭有箇歸依洗脫了烟花聲價滿塲合唱願從今筏海塵沙都變作菩提脫化應許他做了優婆塞罷

〔老旦〕你今日在家出家黃虀淡飯都要遵守清規我佛門法律是最苦的〔小旦〕弟子情愿〔老旦〕

苦向滄江一救回〔小旦〕不堪心緒已成灰〔老旦〕

而今更把緇衣換〔合〕嘆殺人生百事非〔下〕

遇柳

外末扮二家丁各捧元寶斗香上旦扮柳夫人貼扮養娘隨上旦唱遶地遊風吹雨驟塵浣衣衫舊到江南冷楓淒柳寒波急溜笄都虧神天相佑把前愿今朝暫酬

俺與相公還鄉不覺已到楊子江口今日換船渡江而南喜得一路行來太平無事前日動身時我曾許下愿心恰好有這江邊上一箇睡蓮尼菴我與相公說知先到菴中燒香拜佛謝謝

神靈保佑明日渡江時風恬浪靜舟楫平安却不是好外末敲夫人已到菴了老旦扮老尼上合掌迎接介睡蓮菴貧尼祇候夫人旦師父罷了老旦請夫人拈香外末各放元寶斗香供桌上旦拈香拜介內鳴鐘鼓介老旦請夫人用茶旦多謝師父丑扮小尼捧茶上旦老旦坐介獻茶介外末下老旦請問夫人何日動身出京的

旦唱望吾鄉起馬深秋雲寒雁陣頭南來已過新霜後前宵買渡黃河口一路船行驟清江道斷岸洲向

佛地來稽首

（老旦）請夫人各處隨喜隨喜（旦）起行老旦隨行

（介）

（旦唱）（前腔）碧瓦朱樓踈鐘何處悠悠佛堂一片香雲瘦恰寮冷閉清秋候誰把珠林搆修行地好靜幽禮拜罷閑行走

（小旦）扮杜十娘緇衣女冠上見（介）夫人貧尼稽首了（旦）呀這位師父是戴髮修行的麼是老師父第幾座弟子（老旦）夫人請坐待貧尼慢慢告

訴各坐（介）（老旦）他到菴中未經幾日他却有些來歷亦非菴內長久住持的

（老旦唱）（浪來裏）說起他一樁樁傷心的情事謅想不盡一件件斷腸的悲恨久是蘆花江畔夜沉舟好教俺費思量頃刻的將眉愁縐原不是僧堂舊有是魚罾蠏斷救取枕寒流

夫人他原是箇跳江女子數日前貧尼在沙岸上救得回來留住菴中他苦要出家貧尼因他沒箇親人做主與他權時戴髮修行到今還沒

有十日呢〔旦〕這等說是箇落難女子他住居何處有丈夫沒有還是獨自投江還是有人逼迫的〔小旦〕掩面淚介〔旦〕向小旦介師父爲何悲苦起來〔老旦〕夫人有所不知

〔老旦唱前腔〕他本是熱騰騰雙飛的鸞鳳儔變作個苦另另孤鳴的鴻雁友〔旦〕他夫妻爲何相失難道是失足落水的〔老旦唱〕是䘏寃人自赴淸流把箇好姻緣急切的平遭惡遣〔旦〕如此是夫妻反目自已抱恨投江的了到底爲着何來〔老旦唱〕爲着箇狂且哄誘

把鴛鴦翡翠拆散在滄洲

〔旦〕這女娘姓甚名誰他丈夫是何等樣人出嫁幾年了今日是到那裏去的〔小旦〕向老旦搖手介師父不要說了〔老旦〕這是你有志節的事情正好說與夫人知道

〔老旦唱前腔〕他是箇遠迢迢南歸的處士舟帶着箇嬌滴滴北來的花面走是青樓人上木蘭舸撇不下好相思做了箇飛棉逐柳却不道秦臺雅奏向碧簫吹裏總付曉風收

夫人你道他丈夫是誰他丈夫姓李名甲他原是京都樂籍杜嬍十娘因從良跟隨回南將船住在江口不料被一箇奸人孫富下了一番說辭哄騙那李郎就要强占了他故爾十娘投江自死

（老旦唱）前腔　因是貧尼那日呵乘着這月昏昏淒涼的魚雁洲聽着那苦咽咽啼紅的鶯燕口向滄波橫渡寶蓮舟且把這舊袈裟把與恁看經誦呪筭得箇萍踪邂逅甚鐘樓鼓閣看取玉人留

（旦）呀這等說來是李干先了（小旦）夫人正是他

（旦唱）掛眞兒　聞道芳名人是舊聽傳來這種因由那樣恩情恁般割捨世事怎教忝透

（旦向小旦介）你既是杜嬍十娘可曉得我麼（小旦）賤妾怎知夫人（旦）那李干先有箇好朋友叫做柳遇春這可知道麼（小旦）哦說起這柳相公來是俺李郎至好奴家從良時還虧他助與白銀二百兩纔得贖身奴家心常感切怎麼不曉得吓

小旦唱懶畫眉最多情舊共玉郎遊也算箇箇管鮑貧
交意氣投我夢湘蘭已把楚雲收恰虧他贈臚人情
厚纔得箇燕燕雙飛趁一舟
旦那就是我家相公我如今回歸蘋州杜娘何
不與我同行一路上做箇伴兒在我家住下覓
訪李郎消息何如小旦如此夫人是奴家恩主
怎敢不依只是我已出家怎好又入紅塵旦這
又何妨你如今戴髮修行就在我家常齋繡佛
便了
旦唱黃鶯兒慢把翠眉愁論塵緣也不應休碧英纔
到香時候痴情苦守無情淚遊空門怎教人消受小
旦拜介接唱謝夫人窮途念妾携上綠珠樓
外末貼暗上旦杜娘快些收拾我便叫人來接
你正是一聲啼夜月雙淚落秋風外末打轎同
行下老旦貧尼不遠送了杜娘柳夫人帶你回
鄉也是你緣分湊巧我與你更衣梳洗去者
合唱尾聲誰知逸翮重回首怎肯許隔斷這塵寰竟
了休只可憐寂寞深閨人自瘦下

刼金

淨扮大盜裝束衣甲帥四卒各執刀丑扮梢婆二一卒搖櫓上【合唱】雙勸酒 兵凶將强激波騰浪水塞朝圍舟船夜放在這洞庭湖邀截往來商幾年價要縱橫汇洋

招集凶徒載小舟短刀隨處斷人頭官兵未敢來輕覷自向蘆花蕩裏遊俺蕪州洞庭湖斷犀大王武元寇是也原是箇船戶出身做些私商買賣只因俺心粗胆大力猛身强那些綠林中兄弟没有我的對手因此衆兄弟推我爲首在

這洞庭湖內聚集着數百嘍囉每日裏揚帆水上打刼人船今因寨內乏粮只得率衆駕舟到這湖口地面巡邏等候【繞場介】

【合唱】北夜行船 白晝裏巡梟來又往短頭刀雪亮的鋒鋩問那箇强當敢來這水鄉怎生呵走恬風没箇船兒還槳有誰有誰急溜兒水上颺【仝下】

小生扮李公子副淨扮船戶搖櫓上【小生唱】三登樂 北望蒼茫痛殺我蓮香落喪【恨介】噯我李千先好愧

悔人也前日一時討揣聽了孫富的言語平白的把箇杜十娘逼得投江自死今日雖得了一千兩銀子想起來呵唱走秋風冷落瀟湘負前盟辜後約那等心傷李干先李干先你負了十娘也唱是誰把他玉骨香肌向龍潭冷葬

家長此刻漸近黃昏時候我們把船兒赶搖過湖去罷淨率衆迎上淨喝介甚麼船隻船上是甚麼樣人衆兄弟與我把船鈎住活捉過來衆吶喊將小生捉住介副淨嚇倒跌下塲介淨坐

介衆擁小生跪介淨你是何人敢在我湖邊行走好好獻寶過來小生磕頭介大王爺我可憐是箇窮途歸客那有甚寶淨喝衆介與我剥了這廝衣服將他船上搜刼乾淨衆剥小生衣介衆覆淨介這廝船上搜得白銀一千兩行李箱籠共有數担淨與我稍紥過船者

淨唱北夜行船你怎敢篷窩湖裏蕩獨行船恁樣的徜徉你薄暮昏黃要偷過岸旁却如何大王前尚敢囊銀撒謊也罷我饒你一条性命兄弟們將他推上

岸去〔唱〕暫將暫將腦袋兒項上裝〔衆推小生坐地介〕

〔淨卒衆吶喊下〕〔小生坐地作驚定介〕

〔小生唱〕〔三登樂〕呀虎暴狠強下得咱驚魂蕩漾〔泣介〕

好孤零行色凄凉〔起行介〕嘆時窮悲運蹇失盡衣囊

又誰箇知落難姑蘇把書生送葬

如今弄得進退無門不若還上船去家長家長

〔副淨暗上低應介〕李相公你還只管叫的甚麽

我方纔躲在艙子裏魂都嚇吊了如今強人

雖去此地不是久住的所在我也顧不得你相

公你自各尋頭路我是去了〔搖船下小生叫介〕

家長轉來家長轉來哎呀天那這却如何是好

〔內叫強盜來了小生驚怕跑下〕

賣字

末扮道士上唱〔秋蕋香〕終日畫符傳咒做法事更學淸歌擊鼓吹簫拜星斗賺得齋金到手

自小出家來學道一頂金冠頭上繞朝眞禮懺總堪誇說到拿妖魂嚇吊自家玄妙觀一箇道士是也我這道觀在薊州城內香火也筭第一莫說徃來遊客每日裏霧集雲騰應酬不了便是那醫卜星相買的賣的也不知多多少少在道觀中落脚今日做三清盛會有那四方檀越都來進香你看遊人如蟻眞好熱鬧也〔下〕

小生扮李公子破衣巾捧筆桶文硯掛賣字招牌上唱〔步步嬌〕嗳歎禍患無端弄得靑衫塵垢料不到今秋後〔作避風打冷禁介〕好風冷那破帽巾却戀頭一領鶉衣怎禁得西風候嘆殺我家國違難投更有何人肯把羈人救

我李甲在洞庭被刼只逃得一条性命書童也不知下落船家見我衣裝告盡將我撇在岸上如今流落薊州沒有一文盤纏使用只得在這

玄妙觀中賣箇字兒覓幾文錢鈔敷衍充飢想起來都是我的不是以致今日這般苦楚我好恨也

小生唱唐多令 日日賣街頭朝來暮又休吳陵市上子胥歌好比當年人乞食飄泊的没收留 今日觀中做會人多我且在這廊下坐坐賣字則箇坐地介

老生扮柳遇春上唱玉井蓮後 得意歸來敢誇官新物舊

愛道家鄉好閑遊玩物華我柳遇春自到燕州家鄉風景別來如故聞得今日玄妙觀盛會可觀且到那裏隨喜隨喜一路行來不覺已是觀內你看好人景也見小生介呀那邊廊下好似李千先他如何恁般模樣難道我眼花了

老生唱皂羅袍 猛見當初良友恁分明照面昔日詩儔難道相逢夢中遊儒生樣子還依舊作沉吟介揚州江上誰覊去舟姑蘇城內誰教客留神仙觀裏真奇逅

待我上前做箇買字的看他是與不是（上前問介）你是賣字的麼（小生驚背轉面介）

老生唱（前腔）呀總把從前消瘦好教人猝的箇裏難求彫弊衣衫恁窮愁情懷落拓看襟肘你不是李千先麼却如何到恁般地位在這裏賣字（小生起相見握老生手哭介）呀柳兄小弟愧殺了也苦殺了也

老生唱錦帆歸去如何便休花箋賣處如何寄遊風塵滿面全污垢

（小生）小弟今日一言難盡自那日動身出京倒也托福一路平安不料行至洞庭湖口遇着一班强盗打刼的貲裝行李乾乾淨淨小弟逃得一条性命無力還鄉只得在此賣字

小生唱（八仙會蓬海）那日呵蠻烟瘴柳哭人上野航塗面纏頭（老生）那時便怎麼樣（小生唱）劍寒刀冷都教自赴洪流小弟那時魂飛魄散只得跪下哀求乞命（唱）（玩仙燈）他把貲裝全行收受掛遠席揚帆飛走

老生你那時還是逃命上岸還在船中（小生唱）（月上海棠）强人手纔得喘息殘魂又遭凶濤

那時船家也要逃命又見小弟錢財罄盡便將
小弟抛撇上岸他自開船去了可憐小弟流離
困苦無門可告（老生）書童那裡去了（小生）逃走
不知去向（老生）杜十娘呢（小生）沉吟介杜杜杜
十娘他他他被强人搶刼去了
（小生唱）前腔換頭那樣窮搜摧枯拉朽把簪髻沓娘
藏上魚舟（老生）難道杜十娘竟肯從賊麼（小生唱）可
憐紅粉爭如燕雀逢鷙小弟那時性命尚然難保那
從救得他來（唱）也不知殘生還有一霎的弩箭離笴

（老生）據小弟看來杜十娘倒是有些志節的斷然不
肯從賊只怕投水自死了（小生唱）應推究難道月落
星沉淚前波後
（老生）冷笑介李兄不必再説那杜十娘事小弟
也約略猜着幾分只是如今尊兄弄得恁般樣
兒又無盤費還鄉不若權在小弟家中住下指
日禮闈上京應考得第回家那時却不是好
（老生唱）前腔慢道前由教人歎愁怎江左舊儒窮困
蘇州李兄莫嫌輕慢應當掃榻書樓（小生）小弟窮途

遇難自分不生老仁兄如此厚愛邀歸潭府綈袍之情令人感泣矣〔接唱〕謝良朋周貧番手教旅客感德心頭〔老生〕好說〔接唱〕歸休後先把酒簣詩囊整修如舊

〔小生拜介〕〔唱〕〔尾聲〕老仁兄我飄篷斷梗委荒邱而今又得純仁救誰似這麥舟情厚〔老生〕且教侯館留孤客〔小生〕却幸他鄉有故人〔下〕

柳餞

（丑扮書童上）整日來書館終宵執夜燈又聞人餞別相送上京城自家柳遇春老爺府內書童的便是俺家老爺在玄妙觀中遇見那李公子相留在家一住三月今又冬盡春來聞得李公子要上京應試俺老爺一力助他許多盤費今日置酒送行只得在此伺候

（老生扮柳遇春上）（唱）【鵲橋仙】光陰似箭芳辰易轉還又梅飛氷片行人欲去整離筵願逸翮鵬程路遠

紅杏攀新貴青燈送故交俺自從那日留李干先在家讀書不覺已經數月杜十娘一節情事他全然不曉目今試期在卽勸他進京倘能得第回來也不枉我欵留他一團的美意只是杜十娘如何歸着（沉吟介）也罷我今日置酒與他餞別且把話兒打動他他若思想杜娘我却托言有箇房妹與他結親看他如何說法書童請李公子則箇（丑）李公子有請

（小生扮李公子上）（唱）【步蟾宮】賢書召我文圍戰望北

闕青雲杳遠嘆書生琴劍兩空懸感謝知交情綣
老仁兄厚愛無窮小弟在府多多叨擾今又蒙
相帮盤費上京此恩此德如何圖報〔老生〕豈敢
小弟今日特置一杯水酒與兄餞行有句話兒
談談望乞寬坐片時看酒〔丑〕有酒〔擺〕酒各坐介
〔老生 小生 丑 合唱〕錦魚燈嘆歲序過眼時光荏苒幾
日問人去遥天赴皇都雙袖塵湮再洗煎爲問到舊
分燈書院應否憶當年
〔老生〕李兄今日努力掄元得第歸來小弟與有

榮幸〔小生〕仁兄過愛期望甚深倘能僥倖一第
莫非台賜也〔老生〕好說只有一件李兄此番到
京不可再同前此貪花也没有杜十娘那等奇
遇了〔小生〕老仁兄說那裡話來小弟今番呵
〔小生唱〕不是路深悔從前謬下宜春院裏簾空懷怨
一枝拆卸並頭蓮〔老生〕便是可惜杜十娘一片眞情
倒算被兄葬送死了〔小生〕老仁兄這却恨殺我也〔唱〕
我美情緣也不想中路人更變做了淩波水上仙〔老
生〕這也是十娘遭時不偶所以如此〔小生唱〕眞時蹇

冷烟淒雨堪悲喑教人難遣教人難遣

〔老生〕據李兄這等說起來十娘是眞死的了但不知老兄今日還想着他麼

〔小生唱〕〔前腔〕長恨何言弔望滄波向遠天心驚戰至今淚落枕函邊〔淚介〕我痛沉淵更沒得杯酒相澆奠剩有相思夢繞泉〔老生〕似這等李兄心上是還想念十娘的了〔小生〕殊堪念江南江北波千片把魂招遍把魂招遍

〔老生〕李兄如此悔恨小弟痴想倘或十娘尚在

他日歸來得遇尊兄可還要他麼〔小生〕老仁兄

〔小生唱〕〔縷縷金〕傷懷事好心煎鸞臺眞箇的鏡重圓我把巫山雨收歸舊巘怕百年空使夢魂牽佳人再難見佳人再難見

〔老生〕李兄這等多情十娘九泉之下自然是原諒的了只是尊兄青年未耦將來高中元魁何愁沒有匹配小弟不嫌唐突倒有箇隔房妹子人才却也出衆願附絲蘿李兄意下如何〔小生〕這却不敢自專

小生唱前腔姻緣事感成全蒹葭還又許倚瓊筵且
把徵車赴南宮叨薦待還歸鄉里禀慈嚴纔來就姻
眷纔來就姻眷
老生這箇自然想小弟與兄如此相好尊兄得
第還家就把舍妹這頭親事禀知尊嚴尊慈諒
然是見允的小生老仁兄如此大德小弟何敢
過却一定要告禀雙親前來納聘老生如此却
高攀了小生好說
小生唱尾聲搏風羽翮何時便多謝朱陳又肯聯許

我跨鳳乘鸞一種情久遠
老仁兄請老生請下

得第

末扮黃門官上唱虞美人連雲貝闕高天表紫鳳啣丹詔捧來玉旨下瑶池恰是旌旗日暖九重時雉扇臨朝特地開鸞書纔許進呈來千官舞拜晴雲曉羣奉瑶觴萬壽杯自家一箇黃門官是也供奉外廷趨蹌內閣三更待漏先來舞蹈堦墀五夜鳴鐘早自値承閶闔踏不盡千門月色目睹天顏惹不了九鼎香烟口傳聖諭正是職司出納惟允惟誠引對朝叅克恭克敬昨日奉

到聖旨禮闈已罷今內閣大臣殿試一榜進士今日皇上御殿親點狀元讀卷官進呈試卷朝廷大典儀衛森嚴道猶未了却早靜鞭三响聖駕已陞殿也下

塲上鼓吹奏樂設黃緞供桌擺金爐香鼎雜扮値殿將軍四名又扮內監四名上旦貼旦扮二昭儀執雉扇上分立作陞殿介外扮宰相捧試卷上外唱夜行船序身値龍池把朱衣頻點爲王求士呈御覽進上這錦繡珠璣旦貼旦讀卷官捧卷上殿外執笏捧卷

跪拜介萬歲萬歲旦平身外萬萬歲外跪唱看茲翰
院奇才詞館異珍瓊林舊史情思董賈應齊驅敢說
當今才子
旦貼旦取卷進呈候旨定奪外萬歲起介遞卷
內監內監轉遞二昭儀捧卷奏樂下
外唱鳳凰閣 呀狀元誰箇是高報泥金鳳字月中仙
桂已成枝攀折天香這次幾人能化看取那簪花名
士
各旦俱宮粧紗燈雉扇黃傘并內監四名奏樂

上老旦舞衣捧紅羅單条上寫一甲一名李甲
旦貼旦亦俱舞衣各捧紅羅單条一寫一甲二
名盧佑一寫一甲三名魏忠排立介外跪接介
老旦聖旨下鼎甲三名朕經親點該大學士引
就詞垣照例授職欽哉謝恩外領旨老旦口貼
旦各將紅羅單条捲收奏樂下內聖駕退殿羣
臣歸班塲上又奏樂衆仝下外殿試禮成下官
且領狀元等午門謝恩正是文章無盡價福命
有前緣下

榮歸

丑扮報子跑上跌倒介哎喲好跌唱兼程併跕日西
頭走走走到蘇州起行復跌介啞踉蹌一跌倒泥湫
又又又赶杭州
自家京都一箇報子報到臨安兵部大堂李大
老爺公子高中狀元及第奉旨還鄉省親即日
起程我一路赶往杭州先行報喜要討一箇頭
報喜錢只得趲行前去下
雜扮衆役旗牌金鑼全班執事分對上小生扮李公

子簪花揚鞭作迎狀元介繞場喝道下外扮李兵部
老旦扮夫人上合唱唐多令捷報下神州孩兒中狀
頭紅羅彩字一封投聽道曲江人似錦喧鬧着狀元
遊
外夫人你我好喜孩兒狀元及第即日還家老
夫心願已足正是垂老看兒貴歡娛到白頭想
孩兒已將次到門了雜扮照前執事迎小生上
小生到門下馬介衆分下小生見外老旦介小
生爹爹母親在上孩兒拜見自別雙親遠離一

載不孝之罪當復何言【外老旦】我兒罷了【各坐
介【外】我兒聞得你在柳遇春家讀書如何不便
回來却在蘇州寄寓你把在外的情事細細告
我知道【小生】爹爹母親聽稟
【小生唱集賢賓】孩兒在京坐監呵家書一到便買舟
更何敢停留念堂上萱椿懸望久况征西急攘兵戈
雲飛露走算上路深秋時候孩兒渡江南行不料到
了蘇州洞庭湖口遇着一班强盜打刼的乾乾净净
【唱】全没有險喪了殘生無救

【老旦】我兒苦了你也那時你却怎生逃得性命
【小生唱前腔】母親那時孩兒呵貲裝刼盡苦乞求已
魂散滄洲算天賜餘生神祜佑急忙忙奔命歸舟【外】
那時既有原來船隻何不一帆風赶奔家鄉却如何
流落蘇州【小生】爹爹那船家更有可恨他見孩兒盤
纏俱盡【唱】輕舠獨走早撇上斷橋孤柳可憐孩兒呵
人一箇只剩有衣衫藍縷
【外】如何恰遇着柳遇春他却又如何肯留你在
他家讀書

小生唱前腔爹爹那柳遇春與孩兒呵知交契合更少儔恰同氣相求他哀動西華憐故舊念窮儒賣字街頭難得他留住孩兒方纔得有今日唱恩深意厚卻算得齊嬰交久老旦我兒這等說起來卻是虧了他也小生唱眞不偶那裡有恁般良友

孩兒有句話稟告雙親那柳遇春于孩兒動身赴試時他曾說有箇妹子情愿倒賠粧奩與孩兒結親孩兒當下說爹爹母親在堂不能自家專主今日僥倖一第如何回他

小生唱前腔家聲縱未世代侯也門第相投況成就功名從未有跳龍門虧殺韓休外夫人孩兒若不是柳遇春焉能到此地位他既情愿與我家結親這事如何回得他起小生唱榮歸已後卻怎樣吹簫他箇堪許可敢稟上雙親堂構

老旦相公孩兒今已成名正該娶房媳婦難得柳家許下這頭親事我們明日遣箇媒人往蘇州說親就與他納聘便了外夫人說得有理

外老旦合唱簇御林婚姻事莫慢休淑賢媛應好逑

我兒你門楣喜氣都來湊早與成佳婿占鰲頭瑶臺
月窟原自傍瀛洲
（外）兒輩登龍近日邊（老旦）歸來八是杏林仙（小
生）春風此日看榮養常奉花輿祝歲年（下）

勸嫁

旦扮柳夫人貼扮了頭上旦唱遶紅樓春到了芳菲感歲華問東風放遍桃花人在深閨身如落葉怎教不成家坐介

情長夢短人爲相思魂欲斷默默昏昏懸淚風前已斷魂我自從在睡蓮菴中帶了杜十娘回家到今將近半載看他舉止端詳性情柔順全不像麗春院裡出身的人俺家相公念他多情守志竟把他托言自家房妹與那李千先約下

婚姻只不知十娘可還肯嫁與他我想此事必定先與十娘說知然後纔好接聘今日且等我將話兒打動他勸他一番便了丫頭請杜十娘出來貼十娘有請

小旦扮杜十娘上唱醉花陰子夜歌聲一聽罷蹙損了眉山低亞從今後看夜月對春花總教人意緒如麻常自把王魁罵誰念我約素束春衫繫不住腰肢瘦一把

夫人今日梳洗恁早呼喚妾身有何吩咐旦十

娘你且坐了〔小旦〕坐介〔旦〕我有句話兒要和你談談十娘不嫌絮聒纔好動問〔小旦〕夫人說那裡話來請教〔旦〕十娘我看你青年美貌孤苦無歸就是住在我家終非了局我家老爺作主意欲代你為媒婚配一箇讀書人士你意如何

〔旦唱〕〔南畫眉序〕看你艷如花怎許仙姝少年寡恁嚬眉淚眼誤却春華十娘不是俺家養你不起也只要你終身有托〔唱〕如何教長恨成歌終日把孤帷自下勸伊早賦摽梅嫁風琴雅瑟宜家

〔小旦〕夫人這話休題妾蒙老爺夫人豢養深恩情愿伴着養娘伏伺夫人妾命孤窮李郎一變妾已嘆殺人情那裡還想再嫁呢

〔小旦唱〕〔北喜遷鶯〕休道是紅顏似畫恨無端陰錯陽差呀也麼呀羞殺我無媒自嫁見不得當年舊阿媽我怎肯夜合花還牽着倚東風荼蘼彩架夫人我是箇燕子樓家

〔旦〕十娘我知道你從一而終如今不嫁別人就是那李干先他住在我家你也須知道的我家

小旦起拜苦介夫人如此勸說妾非草木怎敢不依只是苦了奴也

小旦唱北水仙子呀呀呀也聽他再再再再不記昔日恩仇把玉手乂任任任任春鶯還自咤歎歎歎歎到今總是假夫人我却也要與他說箇明白他他他剪紅燈可照咱俺俺俺也須要的面查拏旦十娘雖然如此你那時也要帶點酒兒不可太決撒了小旦恨介也罷我我我把南枝烘暖冷傍北枝花看看看看他裝喬做樣如何罷哭介苦苦苦恁可也苦盡了咱婦人家

旦十娘你苦盡甘來他日夫榮妻貴也不枉我一片婆心也

旦唱神仗兒娘行聽咱娘行聽咱休題前話瓊英滿架莫遣風吹雨打更誰如這等香車寶馬眞箇是錦添花眞箇是錦添花

小旦唱北尾從今後把玉樓春淡淡重描畫多謝你從頭提起這墜頭花怎教奴把海樣的深恩來報荅

旦十娘隨我進來小旦哽咽不語介旦拉小旦

手介隨我來 下

遣媒

丑扮媒婆上唱太師引小媒婆終日把紅鸞接走人家送一張庚帖假温存撮合穿梭總仗着花言巧說自家一箇媒婆是也奉杭州兵部大堂李大老爺和夫人之命遣到蘇州國子監監丞柳遇春老爺家說親稱道這柳老爺有箇妹子去歲李公子在他家讀書時柳老爺曾當面許下婚姻如今李公子高中狀元因此差我前來求這頭親事這叫做順水推舟落得尋錢的唱算衫襟前日兩人曾割我做媒婆的用

不着許多周折樂得這謝媒沾藉不爭些且把箇笑眼番輕舌

這裡已是柳府待我進去末扮院子上作打照面介喒你是甚麼人那裡來的丑我是兵部大堂李老爺差來求親的這裡是柳府呀末俺這裡便是柳府你來求親求的却是那箇丑求的是你家小姐

丑唱瑣窻寒爲名門金枝玉葉有乘龍貴客來婿合

末笑介俺家那有甚麼小姐要你來說媒丑接唱那

有箇無針引線突地啤嗻難道是接木移花便同虛
揑是都堂教我投鸞帖慢相遮糊塗堪笑你管家爺
怎說箇沒有千金小姐

〔末〕這就奇了你且說李大老爺如何吩咐你來〔丑〕李大老爺說他家公子在你家住了幾月你家老爺有箇令妹要與他結親親口許下來的今日他家公子高中狀元特地呌我到府上說媒完成此事

〔丑唱〕紅衫兒算來東床是你先親切勾辰就月却怎

擲果潘安慮教盟誓設〔末〕俺家老爺也沒有甚麼妹子一發差了〔丑〕你說我差了難道李公子不會在你家住的這話也差麼〔接唱〕他把昔日因由說的恁尋根對節哎我來做媒只管在這裡和你分辯我自進去見你家老爺夫人便知端的〔接唱〕向華堂當面傳言且休與你攔門鬬舌

〔丑進介末攔住喝介〕往那裡走〔丑〕你難道不許我進去麼〔末〕我家老爺家法最嚴三姑六婆從不許上門你是那裡媒人敢來我家相脚色麼

丑怒介我是李大老爺差來的你敢攔我老生扮
柳遇春上門庭無暴客剝啄是何人院子是甚
麼人在這裡喧嚷丑介末稟介啟上老爺外面
有箇杭州來的媒人說是兵部李大老爺差來
說親小的想來老爺家內更沒有一位小姐恐
他是箇假冒因此攔阻他不許進來他却在外
面放潑老生與我喚他進來末向丑介搗虛鬼
俺家老爺喚你丑進見跪介老爺在上媒人叩
頭老生起來你是杭州李大老爺差來說親的

麼李大老爺如何說丑那李大老爺爲他公子
遣小媒人來說老爺府上一位千金令妹曾許
將來婚配他家公子狀元今日高攀丹桂教來
納聘求親才子佳人雙貴便當合卺牽絲真箇
門當戶對老爺我媒人走得腰酸指末介這箇
管家嘴碎老生這頭親事是當日李公子在我
家時我親口將我妹子許下他的且喜他又中
了狀元你回去多多拜上李大老爺擇日完婚
便了末搖手背介好奇怪我家老爺有箇妹子

我竟没有見過的〔老生〕院子請夫人上堂〔末夫
人有請
〔旦扮柳夫人上唱雙鬭雞〕丁香再結若過了這飄零
歲月爲語飛瓊把青鳥暫歇〔丑夫人小媒人叩頭〕〔旦
請起相公這是那裡來的老夫人這是李兵部遣
來說親的〔旦〕哦原來如此只是我家太高攀了〔接唱
讀書家業怎比得那都堂横節鉞〔丑夫人好說〕〔旦唱
更不用白璧藍田謹領下雙紅彩帖
〔旦〕只是一件我家小姐不能送往杭州須要李

公子來我家入贅方好〔丑〕這箇自然〔老生〕院子
與我取五兩銀子賞他〔末〕曉得〔丑〕多謝老爺夫
人〔老生〕有情慢把無情惱〔旦〕莫道無緣又有緣
〔老生旦仝下〕〔丑〕這箇媒真做得着也指末介你
這猛銃頭自家一箇小姐都不知道還要與人
掌家羞也不羞羞也不羞〔末〕唿唿唿相赶下

納聘

〈净扮厨子上笑介〉哈哈哈哈哈哈我到好笑自家柳府一箇厨子我家老爺諸事慷慨單在這酒食上百般尅扣俺這厨子弄得一身欠債魚灘肉案賒下若干銅錢今日巴得丶丶椿喜事說那李狀元要來納聘婚贅我家老爺把一箇杜十娘認做自家妹子竟與狀元成親今日叫我備辦許多酒席欵待來人噯只怕李府曉得風聲有些〻不大尷尬撮弄不成這椿生意却又休了〈內吹打介丑上〉〻李府人到了我快些〻備酒去〈下〉

〈老生扮柳遇春旦扮夫人末外扮二院子老旦副净扮二養娘隨上老生唱〉行香子〈暫把香閨擬托良媒畫堂春暖彩雲飛〈老旦唱〉其間心事無限週遮總爲多情憐薄命咏于歸

〈老生〉夫人今日李家行聘到來你可曾與十娘說知〈旦〉十娘知道的〈老生向衆介〉過來你們家下人等不許走漏風聲倘有一字透露定當重責〈衆〉曉得〈旦〉相公此事這等李干先明日進房

後他見了十娘自然無得話說了（丙吹打鼓樂
丑扮媒婆披紅挿花雜扮家丁四名各捧彩緞
冠佩袍帶各披紅挿花上各分立（介）丑見（介）老
爺夫人在上媒人叩頭（老生）請起李大老爺遣
你來納聘我家也沒有甚麼粧奩如何倒叫李
大老爺恁般費心忒禮重了院子把冠佩彩緞
全行收下者（衆）付外末就場上遞下（丑）向衆（介）
你們隨我進來（雜）隨丑進見（介）（丑）老爺夫人
李府家人叩頭（雜）叩頭（介）（老生）請起有勞了外
廂酒飯（丑）你們請外廂酒飯（雜）下（老生）媒婆李
大老爺和他夫人可歡喜麼（丑）老爺夫人聽稟

（丑唱）（漁燈兒）說不盡笑盈盈喜附門楣說不盡鬧閧
閧擺列珠圍（旦）他家老爺夫人可會問你會見我家
小姐（丑唱）則道的書禮名家淑女歸自應做夫人晝
閣成双對却爭如倚瓊林玉樹交輝
（老生）那李公子可會說甚麼來
（丑唱）（前腔）那李公子呵聆不到贈雙瑜老姥攜歸聆
不到響仙簫弄玉同飛況他與老爺相好昔日落難

之時又蒙老爺欵留接待多少厚情他說大恩尚未

報得〔唱〕**倒博箇夫唱閨門婦又隨竟教做夫襟卜卦**

爲歸妹敢將他奉姮娥金屋藏嬌

〔老生〕好好箇金屋藏嬌你回去爲我致意狀元

說我這裡多有不備之處一切海涵專望吉日

早臨〔丑〕知道媒婆告辭了〔下〕〔老生〕夫人你歸香

閣還當勸十娘梳粧則箇

〔老生唱尾聲〕**你閨中救住傷情淚**〔旦〕**再莫把佳人憔**

悴〔合〕**要教他見了舊日兇娘出格兒美**〔下〕

打郎

小生扮李公子冠帶簪花雜各執狀元兵部旗牌彩仗吹打迎上〔小生唱〕北粉蝶兒韓壽香燒赴新婚又簪花帽想瑤池仙鳳飛嶠〔衆繞場喝道介〕〔小生唱〕花如錦人似玉春宵恁好已報登科喜乘龍登科又早〔到門介小生下馬介〕〔衆下〕〔末扮院子迎上跪介〕狀元老爺有請〔老生扮柳遇春冠帶迎上相見介〕〔老生〕呀新貴人失迎了〔小生〕老仁兄〔各拜介〕〔小生〕向沐深恩得叨一第今承厚愛更結三生

〔老生〕久欽倚馬何與輸金俯准攀龍反勞贈璧請坐〔小生〕有坐〔老生安坐各坐介〕〔老生〕老妹倩高中狀元小弟與蒙光寵舍妹倚玉才郎眞好幸也〔小生〕老仁兄好說〔淨扮儐相上跪介〕儐相叩頭〔老生〕就請新人〔淨〕請介伏以箇裡機關莫懂誰是當初情種教他一夜歡娛弄得頭靑臉腫奉請新貴人台陛緩步徐行〔丙扮媒婆二名扶小旦扮十娘冠帶大紅蓋頭上〕〔淨讚禮介〕先拜天地拜再拜與〔遞酒介〕〔淨〕行交拜禮揖成雙

揖送入洞房吹打送下老生吊場拍手笑下末隨下場上奏樂設床帳桌椅媒婆二名各執燭照小生小旦上各坐介媒婆揭小旦蓋頭下小旦以扇障面介老旦貼副淨丑各扮了頭持短紅捧暗上立帳後介小生小姐下官何幸得奉粧臺真如劉阮遇仙令人羨殺也小旦呀你這無情薄倖的東西你道我是誰來了環們與我打下他去四了環帳後擁出亂打小生倒地介小生喊介下官無罪

小旦唱北石榴花你道是倚春風花帳彩燈高可記得鴛影落秋潮那日裡夜眠人起小蘭橈相看玉碎忍教香銷我杜嫩若不是皇天保佑這性命也不知到那裡去了唱可憐我慘傷情孤魂獨向天邊叫風凄月冷有誰知道衆打介合唱問你這負心人問你這負心人怎將箇良心吊忍看着芙蓉江上美人飄

小生呀原來你是杜十娘那日你自跳江你如何得在這裡你且放我起來我有話說

小旦唱前腔早是我感神靈香骨未全拋纔得箇凍

蕋發春朝似你那薄情摧折破頭梢黃泉道上怎的勾銷〈哭介〉我不苦别的只說俺和你那等恩愛你如何便把我半途抛撇〈唱〉平教我恨從前落花隨水空懷抱忘恩絶義恁般酬報〈衆按打介〉〈合唱〉問你這負心人問你這負心人怎乖却山盟早肯聽那寒潮冷葬小蠻腰

〈小生〉哎呀打殺下官了十娘那時我也出於無奈非是下官没情你也須要原諒些兒

〈小旦唱〉前腔你既是畏嚴親歸去恐無聊也不應奚

口許藏嬌又是恁一絲牽絆到江皐虚愁假悶弄鬼裝么〈恨介〉我好恨那你就還家不便也須與我商量一箇計策你却怎麼受人一千兩銀子便教我跟了孫富那廝〈唱〉怎生様恁匆匆教人别把琵琶抱長吁短歎做成圈套〈衆按打脫去小生冠帶介〉〈合唱〉問你這負心人問你這負心人怎藏的機關巧一霎的傳言玉女把夫招

〈小生〉十娘饒放我罷這都是小生不是小生今日知罪了

小旦唱前腔看着你冠烏紗依舊帶番腰況又是紫
榜掛名高苦殺俺半江流水半江潮三秋夢冷幾夜
魂銷我如今原不肯再嫁你的蒙柳老爺和夫人認
我爲妹再三勸我我也只得裝做這箇樣兒問你一
箇明白唱你休道趁春宵翠屏共倚人夭嫋他生未
卜此生休了大哭介丫環們與我再打小生喊救人
介衆按打介合唱問你這負心人問你這負心人怎
忘了前情好却把箇蠻雲隔斷武陵橋
老生扮柳遇春旦扮夫人仝上聽介老生笑介

轂了他了你我進去與他勸解勸解撮合他兩
人便了進見介小旦起介老生賢妹你也奈何
得他轂了看我面饒了他罷旦十娘放他起來
罷衆放介老生與狀元老爺冠帶了衆代小生
冠帶介小生向旦揖介尊嫂拜揖老生呀狀元
非是我做這圈套其實十娘志節可佳他那日
投江時虧了一箇老尼救取回菴後來遇着拙
荆菴裡進香帶歸家內我與你兩人了結前緣
他今認我爲兄也非從前可比你兩人都依我

勸來

〔老生向小生唱沽美酒〕是伊家笑意磽把崔徽半路抛空令人恨前遭淚染湘川紅半箭將箇神女隨潮誰知翠袖雙招翻做了金波一倒不須憐水冷烟銷單看這花容月貌問東坡怎忘琴操〔旦向小旦唱〕十娘雖是恁負心可惱念前盟似山樣高今日呵他可也成招畫招苦告求饒呀莫負俺做媒月老

〔老生挽小生手旦挽小旦手介〕老生　我夫婦與狀元賢妹今日送房了環們掌燈〔衆〕曉得　各執紅紗燈二對繞場小旦飲泣〔介〕

〔老生旦〕合唱北尾〕你是箇採花人怎做了摧花鳥再莫負碧蓋珠宮夜色嬌我到今日呵歎殺你這恨填海的女郎心笑殺你這吃椰頭的狀元老〔老生〕哈哈笑介〕各拉手下

婚圓

外扮李志老旦扮夫人俱冠帶大紅末扮院子副淨扮養娘上外唱奉時春風暖花陰晝日長早慶祝喜從天降老旦彩轎南歸香車西望迎來簫鼓聲嘹亮各坐介

外夫人自從孩兒前往蘇州畢姻不覺已經滿月聞道今日兒媳回家又聞那柳遇春夫婦一路相送到來却是難得這柳親家如此周密老旦便是外我已差人前往馬頭上伺候迎接將

次也快到了向末介鼓樂酒筵都齊備了麽末都齊備了

場上吹打雜拿高燈狀元旗牌小生扮李公子小旦扮杜十娘俱冠帶大紅丑扮院子貼扮丫環隨上合唱唐多令荀令好衣香春風拂袖揚花開報道滿河陽續就良姻還一對今日裡拜高堂

進見介雜俱下外老旦起介小生雙親在上兒媳拜見小生小旦仝拜介外我兒罷了夫人你看孩兒媳婦女貌郎才我好喜也

外老旦合唱綿搭絮看佳兒美婦恰算鳳求凰正得
第榮歸兩朶金花入洞房喜雙雙謝女王郎老生扮
柳遇春旦扮夫人冠帶大紅净扮院子雜扮丫頭同
上老生旦接唱花鈿滿路鼓樂成行早到了閥閲高
門同御華筵合巹觴
净門上的柳老爺夫人到來副净啟老爺柳老
爺柳夫人到了場上吹打外老旦小生小旦同
迎出介外老賢親請了讓進介老生老大人請
坐待晚生拜見外豈敢老生旦外老旦俱仝拜

介老生愣櫟庸材謬思倚玉敢拜下風外綈袍
情重尙未圖瓊反掌俯就小生老仁兄小生小
旦老生旦又仝拜介各坐介外院子看酒副净
有酒場上奏樂外安老生席老生回席小生小
旦拜席各禮畢坐介院子丫環俱排立介副净
請上酒
滿場合唱蠻牌令紅燭耀華堂瓊樹倚花房喜看成
眷屬玉鏡照新粧今日箇桃夭詠觴須教祝燕縷絲
長金樽畔玉斝旁鵲橋人渡牛女成雙

〔内作細樂〕〔小旦〕呀何處音樂〔雜扮四雲童貼扮仙女舞雲上〕〔貼〕杜孅聽者我乃水府娘娘前奉上帝玉旨勅令江神爲爾收藏百寶今已命公曹將此箱送還香閣百寶俱在爾可驗封查收吾神去也〔下〕〔小旦〕呀原來是神天護佑我好幸也〔衆同起望空拜謝介〕

〔合唱〕〔一疋布〕仙音繞彩雲翔到今感上蒼生生世世永難忘何時把靈均願償

〔合唱〕〔尾聲〕從今了却相思賬把多情打頭細講看取

這一種奇緣杜十娘〔全下〕

詩　花月庭前欲斷腸　當年曾唱杜韋娘

曰　是誰解向情人說　檀板新傳百寶箱

图书在版编目（CIP）数据

百宝箱传奇 /（清）梅窗主人撰 . —北京：中国书店，2013. 8

ISBN 978-7-5149-0818-3

Ⅰ. ①百…　Ⅱ. ①梅…　Ⅲ. ①话本小说—中国—清代　Ⅳ. ①I242. 3

中国版本图书馆 CIP 数据核字（2013）第 118626 号

ISBN 978-7-5149-0818-3

百寶箱傳奇

一函二册

作者　清·梅窗主人撰

出版發行　中國書店

地址　北京市西城區琉璃廠東街一一五號

郵編　一〇〇〇五〇

印刷　杭州蕭山古籍印務有限公司

版次　二〇一三年八月第一版第一次印刷

書號　ISBN 978-7-5149-0818-3

定價　四八〇元